DISCOURS

PRONONCÉ

PAR M. GAUDRY

(2)

BARREAU DE PARIS

DISCOURS

PRONONCÉ LE 29 NOVEMBRE 1851

A LA SÉANCE D'OUVERTURE

DES

CONFÉRENCES DE L'ORDRE DES AVOCATS

PAR M. GAUDRY

BATONNIER

IMPRIMÉ

aux Frais de l'Ordre

PARIS

SIMONET-DELAGUETTE, IMP^r DE L'ORDRE DES AVOCATS

Rue Sainte-Croix-de-la-Bretonnerie, 48

1851

la Conférence des jeunes Avocats

———•··━❖❖❖❖━··•———

MES CHERS CONFRÈRES,

L'une des institutions les plus utiles que nous ait léguées la sagesse de nos pères, est *la Conférence des jeunes Avocats*, dont cette réunion est l'inauguration annuelle et solennelle.

Heureuse association! où l'on met en commun ce qui appartient à chacun de nous : la science, le don admirable de bien penser et de bien dire, l'ardeur de la jeunesse et l'expérience de l'âge mûr ; où le langage habituel est celui de la raison et de la loi. Douce communauté! qui nous unit par le mérite et par la vertu, et qui nous donne des amis dans tous nos rivaux.

Avant même que la Magistrature en France fût définitivement organisée, l'Ordre des Avocats exi tait avec des règles sévères. Un chapitre entier des établissements de Saint-Louis, de 1270 (1), est relatif aux avocats.

Une ordonnance de Philippe III, du 22 octobre 1274 (2), leur imposait, sous la foi du serment, des devoirs, dont plusieurs sont encore aujourd'hui des règles fondamentales de notre profession.

Lorsque le Parlement de Paris devint sédentaire par l'ordonnance de Philippe-le-Bel du 23 mars 1302 (3), l'Ordre des Avocats dut prendre lui-même une forme plus régulière. Une ordonnance de Philippe-de-Valois, du mois de février 1327, *sur le Châtelet* (4), défend *que nul ne s'efforce de plaider, s'il n'est avocat;* l'ordonnance ne reconnaît comme tel *que celui dont le nom est inscrit au rôle des avocats.*

A plus forte raison, le Parlement ne devait-il admettre à concourir avec lui à l'administration de la justice que des hommes éprouvés par leur science. Aussi un arrêt du Parlement du 11 mars 1344 (5) exige qu'il y ait un tableau des avocats ; ceux-là seuls sont admis à plaider qui seront portés sur cette liste d'honneur : *Nullus advocatus*

(1) *Ordonnance du Louvre*, t. 1, p. 261.
(2)   *Idem,*   p. 30.
(3)   *Idem,*   p. 266 et 547.
(4)   *Idem,*   t. 2, p. 8.
(5)   *Idem,*   p. 225.

ad patrocinandum recipiatur, nisi sit juratus, et in rotulo nominum advocatorum scriptus.

Les avocats inscrits avaient seuls le droit de s'asseoir sur le premier banc, près des magistrats, *avant* les autres personnages constitués en dignité : *Alii ne sedere presumant in primo scamno, in quo advocati, procuratores regii, baillivi, seneschalli et alii potentiores et nobiles esse debent.*

L'arrêt n'avait pas oublié les jeunes légistes qui devaient être bientôt appelés à défendre, devant le Parlement, et quelquefois en présence du roi lui-même, les grands intérêts de la société, ou de l'honneur et de la fortune des citoyens. Le stage fut établi ; les exercices destinés à se former à la plaidoierie et au langage du Palais le furent aussi. Le même règlement de 1344 dit : *Advocati qui de novo ad hujusmodi officium per curiam sunt recepti... per tempus sufficiens advocatos antiquos et expertos audiant.*

Le rôle d'*auditeurs* ne leur était pas seulement imposé : c'eût été mal de se préparer à l'usage de la parole : ils devaient entendre les anciens pour s'exercer eux-mêmes : *Ut sic de stylo curiæ et advocandi modo primitiùs informati, suum patrocinium præstare, et advocationis officium laudabiliter et utiliter possint exercere.*

Ainsi, dès les premiers temps de l'histoire de notre Magistrature, l'autorité souveraine, les Parlements et les anciens avocats, ont eu les yeux sur le jeune Barreau, l'ont considéré comme l'espérance et la gloire de l'avenir, et ont établi pour lui les études et les exercices que nous lui recommandons encore aujourd'hui.

Le Dialogue des Avocats, de Loisel, nous rappelle l'une de ces réunions de jeunes légistes. Il est vrai que les auditeurs d'Étienne Pasquier n'étaient pas appelés près de lui pour se livrer à des exercices de plaidoieries ou de discussion ; mais ils étaient les interlocuteurs de ce grand homme ; ils s'instruisaient des règles du Barreau, et entendaient une sage appréciation des talents divers, se formant ainsi aux luttes judiciaires.

Nos *Annales du Palais* ont disparu, et les traces de ces anciennes réunions se sont effacées ; mais les écrivains et les jurisconsultes nous attestent les efforts de l'ancien Barreau pour donner une grande importance à ces Conférences, et le zèle des jeunes avocats à correspondre à ces efforts.

La Conférence des Avocats prit une régularité nouvelle, au commencement du dix-huitième siècle, par la générosité d'un Avocat distingué, M. de Riparfonds, qui en 1704, légua à l'Ordre sa bibliothèque. Elle fut déposée dans un local de l'Archevêché, où les avocats se réunissaient. Boucher d'Argis nous apprend que ce legs avait surtout pour objet de donner à la Conférence un centre d'études et de réunion. « Les Conférences

» de doctrine, dit cet auteur (1), furent com-
» mencées en 1708, conformément aux inten-
» tions de M. de Riparfonds. Cette Conférence a
» toujours été célèbre par l'émulation que les
» jeunes gens y font paraître, et par la bienveil-
» lance des anciens qui y viennent pour com-
» muniquer leurs lumières. »

En 1773, M. Henrion de Pansey prononça,
à la Conférence, l'éloge de Dumoulin. Une note
placée en tête de son discours nous l'apprend.
« Cet éloge, dit-il, a été fait pour la Conférence
» publique que les avocats tenaient tous les
» samedis à leur bibliothèque. C'était l'usage de
» l'ouvrir chaque année par l'éloge de quelque
» jurisconsulte célèbre. L'origine de cette Con-
» férence est fort ancienne. C'est à cette école
» que se sont formés Duplessis et quantité d'au-
» tres avocats fameux. »

Vers le milieu du siècle, les troubles du Parlement, qui avaient interrompu le cours de la justice, interrompirent aussi les exercices de la Conférence. Ils furent repris quelques années avant
1773, c'est-à-dire dans les derniers moments
du Parlement Maupeou, qui expira tout-à-fait
en 1774.

Cependant la Conférence qui, en 1773, entendait le discours de M. Henrion de Pansey, et plus

_____

(1) *Histoire de l'Ordre des Avocats*, p. 11.

tard, en 1786, le discours de M. Bonnet *sur les
trois Ages de l'Avocat* avait à regretter un salutaire usage : le Bâtonnier et les anciens du Barreau avaient presque cessé d'y paraître. Camus,
dans sa deuxième lettre, exprime ainsi ses regrets:
« Ces assemblées de jeunes avocats sont connues
» depuis longtemps au Palais, et elles sont très-
» utiles toutes les fois qu'elles sont formées entre
» des jeunes gens amis de l'étude. Une Confé-
» rence où l'on rendrait compte de son travail,
» de ses recherches, de ses découvertes, en pré-
» sence d'un ancien jurisconsulte... serait sans
» doute le meilleur moyen pour faire produire
» aux études des fruits aussi parfaits qu'abon-
» dants ; mais il est difficile de se procurer cet
» avantage, dans une ville où les occupations
» croissent sans bornes. »

Et M. Bonnet, dans son discours prononcé
devant la Conférence, en 1786, après avoir fait
sentir l'utilité de ces réunions, ajoutait : « Mais
» si ce concours devait avoir pour témoins des
» hommes distingués par leur science profonde
» et une longue expérience, qui voulussent bien
» se déclarer les protecteurs et les amis de la
» jeunesse ; si à leur tête se trouvait le chef
» même de l'Ordre... que ne devrait-on pas
» attendre d'une jeunesse ardente, qui sentirait
» le prix de son suffrage et tâcherait de s'en
» rendre digne ? »

Il ne m'appartient pas de vous dire si vos travaux *ont pour témoins des hommes distingués par
leur science profonde ;* mais je puis vous affirmer
que vos anciens, *et à leur tête le chef de l'Ordre,
sont heureux de se déclarer vos protecteurs.* Sachez
qu'en assistant à ces travaux, ce n'est pas un
devoir que nous croyons accomplir ; nous venons
au milieu de vous avec le bonheur que l'on trouve
au milieu de jeunes amis, lorsque l'on peut secon-
der leurs efforts et applaudir à leurs succès.
Laissez-nous donc espérer ce que disait l'orateur
dont j'emprunte les paroles, laissez-nous espérer
que nous devons *tout attendre de votre ardente
jeunesse.*

Les orages de la Révolution, en dispersant les
Magistrats, ont fait disparaître l'Ordre des Avocats ; et, pendant de longues années, il ne fut
question ni de stage, ni de Conférence, ni de tout
ce qui pouvait donner des hommes savants ou des
orateurs à un barreau anéanti dans nos discordes
civiles ; notre bibliothèque même nous fut enlevée,
et nous l'avons toujours inutilement réclamée.

Mais, en 1807, mourut l'un de ces hommes qui
ont laissé dans le cœur des gens de bien et dans
le souvenir des jurisconsultes la mémoire la plus
vénérée. M. Férey avait voulu donner à ses
anciens confrères, et surtout au Barreau qui
devait renaître, un témoignage de sa munificence.
Il ne pouvait pas tester *légalement* en faveur d'un

ordre qui n'existait plus ; il testa cependant : il légua sa bibliothèque, trois cents francs de rente pour l'accroître successivement, et une somme de trois mille francs à *l'Ordre des Avocats , sous quelque nom que S. M. l'empereur et roi jugeât à propos de le rétablir*. Ainsi, par une pieuse et savante illégalité , il forçait en quelque sorte l'arbitre des destinées de la France, dont il avait l'affection, à rétablir l'Ordre des Avocats, pour lui transmettre ses bienfaits.

Je vous entretiens avec quelque étendue du legs de M. Férey, parce que la Conférence était son principal objet. Ainsi l'entendait un homme célèbre, M. Bellart , appelé à prononcer l'éloge de M. Férey, le 5 février 1810, dans la bibliothèque du lycée Charlemagne. Là, s'étaient réunis, après un service funèbre, les avocats en robe (les avocats qui n'existaient pas encore légalement) et sous le patronage de l'Archichancelier.

Voici en quels termes le grand orateur parlait de la Conférence qui allait renaître, si le Barreau lui-même était rendu à la vie : « Jadis , sous le » titre de *Bibliothèque des Avocats* , existait un » établissement dédié au double culte de la » science et de l'honneur. C'était là que dans » des réunions hebdomadaires, de jeunes émules » venaient apprendre à régler leur bouillante » ardeur à la voix de ses vieux chefs, qui expli- » quaient comment il fallait tempérer le zèle par

» la modération, et ployer sa fierté au joug d'une
» discipline salutaire. On y voyait, spectacle
» plus doux encore, ces orateurs chargés des
» plus grands intérêts, ces jurisconsultes livrés
» aux travaux les plus savants, oublier, et leur
» grande clientèle, et leurs graves études, pour
» écouter avec simplicité, pour débrouiller avec
» patience les récits diffus, et souvent inintelligi-
» bles, de villageois, de femmes du peuple, de
» pauvres, tous sortant d'auprès d'eux éclairés
» sur leurs droits, disposés à la paix, souvent
» même assistés dans leurs besoins. M. Férey
» regrettait cet établissement, détruit par la
» Révolution; sa passion était de le relever; par
» son testament, il nous le rend autant que cela
» fut en lui. »

Oui, la Conférence des Avocats était une réunion où se discutaient des questions de doctrine ;
mais c'était aussi une réunion où se débattaient
les intérêts de la pauvreté et du malheur. Dès
l'époque la plus ancienne de notre histoire, l'Ordre auquel vous appartenez a toujours eu la
gloire d'aller au-devant de toutes les misères.
Dans nos plus anciens recueils, vous trouverez
sans cesse cette formule : *Demander la chambre
des consultations où les avocats s'assemblent quand
ils en sont requis.* Une ordonnance de 1536 veut
que des avocats *soient donnés aux pauvres misé-
rables personnes*, et l'une des plus anciennes

querelles de l'Ordre des Avocats avec la Communauté des Procureurs, a été sur *le droit de distribuer les aumônes.*

Ainsi, ce n'est pas aux efforts d'une moderne philantropie que les pauvres doivent votre appui. Longtemps avant que le législateur eût la pensée de venir à leur secours, vos devanciers sollicitaient ce patronage, et les chefs de l'Ordre les plus illustres étaient à la tête de cette sainte croisade de la justice et de la charité. Ils nous avaient appris, ces hommes vénérés, que l'art de bien penser et de bien dire doit être toujours accompagné de l'art de bien faire.

Et vous, mes chers confrères, toutes les fois qu'il s'est agi de défendre les intérêts du pauvre, avez-vous considéré ce devoir comme une charge pesante ? Non ; je prends à témoin ceux qui m'entendent : vous avez ambitionné, sollicité cette noble clientèle; vous savez que l'aumône de nos talents est le tribut payé à Dieu qui nous les a donnés.

En inventant l'*assistance judiciaire*, on a donc inventé un devoir que nous pratiquions depuis plusieurs siècles.

A la vérité, on a inventé en même temps la patente : moderne conception que nous ne pouvons pas disputer à ses auteurs. Apparemment ils ont voulu nous faire payer chèrement la gloire de défendre gratuitement la pauvreté et le malheur.

Mais je me suis écarté de mon sujet ; j'y reviens, en vous disant que le legs de M. Férey et les éloquentes paroles de M. Bellart devaient amener le rétablissement de l'Ordre des Avocats. Supprimé le 2 septembre 1790, il fut rétabli le 14 décembre 1810, c'est-à-dire vingt ans après sa suppression, et dix mois après la réunion solennelle du lycée Charlemagne.

Honneur aux hommes distingués qui sont entrés dans les vues paternelles de M. Férey, et ont compris avec lui la nécessité de la Conférence pour le jeune Barreau.

M. Delacroix-Frainville, premier Bâtonnier, régulièrement élu en 1811, commença son Bâtonnat par l'ouverture de la Conférence. Son âge ne lui permettant pas une trop grande assiduité, deux anciens avocats s'étaient donné cet honorable patronage : M. Piet, depuis Conseiller à la Cour de Cassation, et M. Taillandier, père de l'excellent Confrère que nous voyons aujourd'hui parmi nous ; homme d'esprit et de cœur, d'une imagination vive, et savant jurisconsulte.

M. Bonnet, nommé Bâtonnier en 1818, réalisa complètement la pensée exprimée par lui trente-deux ans auparavant. Il a toujours présidé nos Conférences, et son exemple a été suivi par ses successeurs.

Je voudrais que vous puissiez voir les procès-verbaux de ces premières Conférences ; malheureusement, le plus grand nombre a disparu ; mais dans ceux qui restent, il n'est pas possible de désirer des questions mieux discutées, mieux approfondies. On ne faisait pas alors de discours ; chacun présentait brièvement ses observations ; l'esprit, acquérait une justesse et une vigueur admirables. Il est vrai que les jeunes légistes qui fréquentèrent avec assiduité la Conférence pendant plusieurs années, étaient des Dupin, des Demante, des Duranton, des Ducauroy, des de Broë, et bien d'autres dont les noms sont devenus célèbres.

Parmi les plus zélés se trouvait M. Louault, que nous avons perdu dans le cours de cette année. Il eut longtemps au Palais une honorable clientèle. Avocat de la Ville de Paris jusqu'en 1830, il fut, en cette qualité, chargé de défendre de grands intérêts. C'était un homme de bien dans toute l'étendue de ce mot, un avocat instruit et laborieux.

Je vous ai fait l'historique, un peu long peut-être, d'une institution que je regarde comme fondamentale parmi nous. Mais tandis que je vous lisais les paroles énergiques de nos anciens jurisconsultes, pour vous faire comprendre l'utilité de ces réunions, ne vous est-il pas arrivé de m'accuser d'exagération, et d'apprécier moins que nos maîtres ces travaux par lesquels on veut vous former à la science du Barreau ?

Hé bien ! maintenant, vous allez vous convain-
cre, par vos propres réflexions, qu'il n'existe pas
d'institution plus féconde en bons résultats, et par
cela même, vous disposer à venir y chercher les
avantages qui vous y sont offerts.

Qui de vous n'a pas éprouvé les difficultés des
études isolées et purement théoriques ? Les
meilleurs esprits, les hommes les plus laborieux,
y trouvent quelquefois un découragement com-
plet. Un travail, sans but immédiat, est toujours
sans attrait. L'imagination se fatigue, la mémoire
conserve des impressions fugitives des plus justes
réflexions ; puis, viennent les distractions du
monde, les devoirs de la famille et de la société ;
la fin de la journée arrive sans qu'on puisse avoir
la conscience de l'avoir bien employée. D'ailleurs,
dans l'étude isolée, une question ne nous apparaît
pas toujours sous son véritable aspect ; on part
d'un faux principe, on s'égare, sans que la route
soit indiquée par un guide fidèle. Si, au contraire,
vous préparez une discussion publique, votre
honneur est intéressé à vos succès, et vos succès
sont l'espérance de toute votre vie. Qui ne se
sentirait exalté par une telle pensée ? Le travail
devient un besoin, un plaisir, un bonheur. Avec
qu'elle satisfaction on trouve la solution d'une
question difficile, et on la justifie par de puissantes
autorités ! En vain les devoirs du monde, de la
société, de la famille, viennent vous solliciter ;

vous repousserez leurs importunités. Forcé de leur payer un tribut, vous vous hâterez de recourir à vos chères études, permettant à peine à ces distractions passagères d'interrompre le cours de vos pensées.

Puis, le moment arrive de livrer vos méditations à la publicité de la discussion ; et c'est là que vont jaillir de nouvelles lumières. Tel aperçu vous avait échappé, telle objection vous avait semblé moins redoutable ; on met en commun ses réflexions, on s'enrichit du travail de ses émules ; on rectifie les idées fausses, on s'empare plus énergiquement des pensées justes et élevées, et la science devient ainsi un fonds acquis pour toute la vie. C'est une terre fécondée par de communs labeurs, qui donne tout à la fois des fruits plus abondants et plus doux.

Jusqu'à présent je vous ai supposés arrivant à la discussion publique avec cette fermeté, cet aplomb, qui permettent le libre développement de votre intelligence ; mais, nous savons tous que l'avocat ne se forme pas uniquement dans le silence du cabinet.

Lorsqu'à ses débuts il se présente dans l'arène judiciaire, une invincible timidité s'empare souvent de son esprit, et tient son imagination comme enchaînée par une fatale puissance. Ce n'est pas de la crainte, encore moins du découragement, c'est la fièvre d'un enfantement glorieux.

Voici l'instant solennel ! Inutilement il cherche à dissimuler son agitation : son cœur bat, sa voix est vacillante, son papier tremble dans sa main; laissez, laissez paraître un sentiment qui doit attirer sur vous la bienveillance de vos juges et l'intérêt de vos émules. Bientôt les pensées du jeune orateur dominent son inquiétude. Le trouble cesse, la voix s'affermit, l'attention des auditeurs double son énergie, parfois l'exalte au-dessus de lui-même ; et le timide débutant se trouve un avocat, un orateur distingué.

Mais, gardez-vous de vous décourager si vos premiers pas étaient marqués par une chute. Que craignez-vous ? De véritables intérêts ne sont pas compromis. D'ailleurs, parmi ceux qui vous entendent, en est-il un seul qui ne doive dire : « Il pourrait m'en arriver autant ! » Croyez-le bien, cette pensée dispose les plus rigoureux à l'indulgence.

Retournez donc au combat avec ardeur : la chute d'un homme fort aiguillonne son courage ; c'est la chute d'un athlète, la chute d'Antelle, qui se relève saisi d'une héroïque pudeur (*pudor incendit vires*), et qui doit à son affront sa force et sa victoire.

Hé bien ! mes jeunes confrères, où trouverez-vous ces utiles exercices, si ce n'est dans nos Conférences ? Oui, dans nos Conférences seulement, car seules elles donneront à vos débuts

des questions assez graves pour développer toute
votre intelligence ; des auditeurs assez éclairés
pour vous inspirer une juste défiance de vous-
mêmes, et des amis assez indulgents pour vous
rendre un noble courage.

Je n'ai pas à vous prémunir contre une dis-
position tout opposée à l'excès de la timidité,
contre un excès d'assurance. Mais si la nature
vous avait doués de cette facilité qui donne parfois une confiance excessive en soi-même, je vous
dirais : Rendez grâces au ciel, dont vous avez
reçu le feu sacré ; mais prenez garde ! cet aplomb,
cette facilité, ont laissé plus de mécomptes qu'ils
n'ont acquis de gloire. On s'étourdit par de bril-
lantes paroles, on se fait un futile honneur d'arriver à la discussion de graves questions, sans
notes, sans préparation ; la discussion devient
diffuse, l'aisance devient trivialité, et l'on voit
avorter les plus belles espérances.

C'est encore ici que vous trouverez de salutaires enseignements. Quelle que soit, en effet,
la facilité d'un débutant, il est impossible qu'il
se place immédiatement le premier, au milieu
de tant de jeunes avocats distingués, l'un par son
excellent esprit, l'autre par la science ; celui-ci
par le style, celui-là par le nerf et l'énergie de
sa discussion. Dût-il surpasser tous ses rivaux,
il s'exercera sous les yeux d'anciens avocats qui
ont au moins sur lui l'avantage de l'expérience.

Puis, les questions proposées ont une importance qui ne permet pas des improvisations hasardées, et dans lesquelles il serait trop facilement battu par des orateurs mieux préparés.

Lorsque je vous entretiens, mes chers et jeunes confrères, de l'indispensable nécessité de suivre les travaux de la Conférence, je m'adresse d'abord à ceux qui doivent se consacrer au Barreau. Mais s'il en est parmi vous qui se destinent à la politique, à l'administration, à la magistrature : nos exercices sont encore pour eux une garantie de succès.

Écoutez ce que disait un homme au nom duquel nous nous inclinons avec respect : c'est d'Aguesseau. Après avoir indiqué à son fils dans quelles sources il devait puiser les trésors de la science que nous admirons dans ce grand homme, il lui disait : « Vous devez y joindre les » exercices fréquents avec des jeunes gens stu- » dieux... pour acquérir la facilité de parler, et « surtout de parler le langage des lois. » Et ailleurs : « Un exercice qui peut être aussi d'une » grande utilité, est de profiter des Conférences » que l'on fait sur le droit, pour acquérir l'ha- » bitude d'en développer les principes dans un » ordre qui conduise sûrement l'esprit à prendre » le meilleur parti. »

Ainsi, quelle que doive être votre carrière : avocats, magistrats, administrateurs, hommes destinés à donner des lois à votre pays, la Conférence est pour vous la meilleure école qui puisse vous préparer un brillant avenir.

Trouverez-vous les résultats que vous promettent nos grandes réunions, dans les Conférences particulières qui abondent au Palais ? Sans doute elles sont utiles, c'est une première préparation, et vous devez les suivre avec zèle. Mais vous offrir les mêmes avantages ? Non ; vous allez le comprendre.

L'un des grands maîtres de l'antiquité, Tacite, dans son *Dialogue sur les Orateurs*, disait : *In condiscipulis nihil profectûs, cum... pari securitate dicant et audiantur* (1). C'est là, dans l'énergique brièveté de Tacite, le résumé de tout ce que je pourrais vous dire. Les conférences particulières d'un petit nombre de jeunes gens ont cet inconvénient, que l'on s'y présente souvent sans préparation, et que l'on y parle avec trop de familiarité. L'auditoire ne vous impose pas le respect ou la crainte, et le style se ressent du sans-gêne de la discussion. En un mot, suivant l'expression de Tacite, on profite peu dans les réunions où l'on parle et où l'on écoute avec la même indifférence.

Devant un grand auditoire, au contraire, l'esprit s'élève ; une trivialité exciterait un rire de

(1) *De Oratoribus*, n° 34.

dédain, et la nécessité de bien dire en fait con-
tracter la salutaire habitude.

Puissiez-vous trouver aussi dans vos amis des
conseils rigoureux ! Des amis ! Mais ne sommes-
nous pas les meilleurs de vos amis ? Oui, nous
pouvons le dire avec un légitime orgueil ; il n'en
est pas un seul parmi vous qui ait eu recours à
notre vieille expérience, et que nous n'ayons
accueilli avec bonheur. Si nos avis pouvaient
vous être salutaires, venez donc à nous avec confiance. Notre voix, parfois sévère, sera toujours
paternelle, et nous applaudirons avec plus d'ardeur encore à des succès auxquels nous n'aurions
pas été tout-à-fait étrangers.

Jusqu'à présent, je vous ai entretenus de la
Conférence comme moyen de développer les
talents que vous a donnés la nature ; mais laissez-
moi vous dire que, sous un autre point de vue,
ces réunions sont peut-être plus utiles encore.

Là, se forment et se développent les rap-
ports de confraternité qui font le charme de
notre existence au Palais. Il est difficile de se
créer des relations intimes, lorsque l'on est
avancé dans sa carrière ; l'amitié, la tendre
amitié, ne peut naître que dans les effusions de
la jeunesse.

Le poète a dit :

« Qu'un ami véritable est une douce chose ! »

Qui de nous n'a ressenti l'émotion des amitiés
de nos premières années, des amitiés de collége ?
Enfants, nous y avons trouvé la joie ; jeunes gens,
nous y avons trouvé le bonheur que les plaisirs
nous refusaient. Dans le cours de la vie, nos
peines sont diminuées, nos jouissances augmen-
tées, en les partageant avec un autre nous-
même, et le vieillard sent encore son cœur s'é-
mouvoir au nom des amis de son enfance. Mais
hélas ! combien en reste-t-il à la fin de notre
carrière ! La mort en a éclairci les rangs ; leur
position sociale les a entraînés loin de nous, et
l'on finit par rester seul avec ses tristes souvenirs...
Je me trompe ; si, à l'époque où la vie a le plus
de chances d'une longue durée, on forme des
relations avec des hommes de son âge ; si des travaux communs vous rapprochent, la sympathie
commence par l'estime, et lorsque l'estime trouve
une heureuse coïncidence de goûts et de pensées,
voilà une amitié fondée sur les bases les plus
solides. Avez-vous besoin de sages conseils ? Allez
trouver cet ami ; il connaît les difficultés qui vous
environnent. Avez-vous besoin d'encourage-
ments ? Allez vous fortifier avec lui ; comme
vous, peut-être, il allait désespérer ; vous vous
armerez d'un mutuel courage. Eprouvez-vous
des mécomptes dans votre profession ? Il les
éprouve comme vous. Si vous triomphez de quelques succès, sa satisfaction augmentera la vôtre ;

et lorsque vous aurez à prendre un repos nécessaire, c'est encore près de lui que vous irez chercher des forces pour un nouveau travail et pour de nouvelles épreuves.

Telle était, mes chers confrères, l'intimité des hommes célèbres du Barreau avec lesquels j'ai vécu dans ma jeunesse. On ne nommait pas Bellart sans penser à Bonnet, Billecoq sans penser à Gairal ; ensemble ils ont lutté dans leurs premières années ; ensemble ils ont joui de leurs succès ; les fêtes de famille de l'un étaient les fêtes de famille de l'autre, et, au lit de mort, les vieux amis étaient encore là pour donner et pour recevoir les dernières consolations et les derniers adieux. Voilà comme je les ai vus vivre et mourir ; voilà les intimités que je veux voir renaître au sein de notre Conférence.

Cependant, lorsque nos réunions vous présentent tant d'avantages et d'attraits, comment se fait-il qu'elles ne soient pas suivies avec plus d'assiduité ?

Permettez-moi de vous l'avouer : je suis profondément affligé en songeant au grand nombre qui figure sur le tableau du stage, et au petit nombre qui assiste régulièrement à la Conférence. Et lorsqu'arrivant au milieu de vous, je vois les avenues encombrées d'une immense multitude de jeunes avocats, revêtus à peine du costume de leur profession, qui viennent jeter leur signature sur une feuille de présence et s'enfuient aussitôt à leurs affaires, si ce n'est à leurs plaisirs, je ne puis me défendre d'une pénible impression. Que dirai-je de nos jeunes confrères qui font une apparition d'un instant et se retirent aussitôt comme d'un spectacle fatigant? Ce que je vous dirai, mes chers confrères : c'est que l'accès au Palais est difficile, très-difficile; le seul moyen de vaincre les obstacles est de profiter de ces institutions créées par la sollicitude paternelle de nos devanciers. Les débuts au Barreau sont presque impossibles à celui qui ne s'est pas fait connaître par des succès de Conférences. L'entrée dans la Magistrature est fermée à ceux qui n'ont pas donné des preuves de leur amour pour le travail et de leur capacité, car les chefs de la Magistrature s'inquiètent et s'informent des efforts de votre jeunesse. En refusant les moyens qui vous sont offerts, de travail, de distinction et d'honneur, vous refusez de vous faire ouvrir la carrière. Je vous en conjure, comprenez vos véritables intérêts. Le temps du stage perdu pour vous ne se retrouvera jamais.

Mais, laissons là des idées qui ne doivent pas attrister cette solennité; j'aime mieux vous dire que nous sommes heureux et fiers de porter sur vous nos regards, en songeant que dans vos rangs se trouvent tant d'hommes qui doivent servir et illustrer leur pays. Oui, je me plais à voir, dans

chacun de vous, un savant magistrat, un grand
avocat, un sage administrateur ; et j'ai la confiance
que dans les postes divers où vous placera la pro-
vidence, vous vous rappellerez avec une douce
satisfaction ces essais qui auront préparé l'honneur de toute votre vie.

Et vous donc dont les premiers succès ont déjà
justifié tant d'espérances, avec quelle joie nous
applaudissons à vos travaux ! Vos noms se répè-
tent parmi nous, ils se redisent au Palais, et ils
seront bientôt environnés de la confiance publique.

Parcourez les *Annales de la Conférence*, je les
ai parcourues moi-même, et j'ai trouvé peu de
noms distingués dans nos exercices, qui ne soient
devenus sur un plus grand théâtre des noms distingués et même illustres.

Ainsi, vos succès d'aujourd'hui sont un gage
certain de vos futurs succès.

Mes chers confrères, vous éprouverez, dans
le cours de la vie, que des jours de prospérité et
d'éclat sont souvent suivis de jours de tristesse et
d'abandon. Mais la méditation, le travail, le noble
emploi des talents que le ciel vous a accordés,
promettent un avenir qui ne trompe jamais,
parce qu'ils enfantent des hommes d'élite utiles
à la société : leurs concitoyens ont toujours à
revendiquer leur sagesse et leurs vertus.

Livrez-vous donc à vos travaux avec un nouveau courage. En assurant votre propre bonheur, ils donneront au Barreau des hommes éloquents et habiles, qui soutiendront sa célébrité, et à la patrie des hommes éminents qui travailleront utilement à sa gloire.

PARIS. SIMONET-DELAGUETTE.

www.ingramcontent.com/pod-product-compliance
Lightning Source LLC
Chambersburg PA
CBHW061629180626
46818CB00005B/2293